PRÉFECTURE DE LA SEINE

DIRECTION DE L'EXTENSION
DE PARIS

LOIS

sur l'Expropriation

pour cause d'utilité publique

PARIS

IMPRIMERIE ET LIBRAIRIE CENTRALES DES CHEMINS DE FER

IMPRIMERIE CHAIX

SOCIÉTÉ ANONYME AU CAPITAL DE TROIS MILLIONS

Rue Bergère, 20

1919

PRÉFECTURE DE LA SEINE

DIRECTION DE L'EXTENSION
DE PARIS

LOIS

sur l'Expropriation

pour cause d'utilité publique

PARIS

IMPRIMERIE ET LIBRAIRIE CENTRALES DES CHEMINS DE FER

IMPRIMERIE CHAIX

SOCIÉTÉ ANONYME AU CAPITAL DE TROIS MILLIONS

Rue Bergère, 20

1919

SOMMAIRE

LOI DU 3 MAI 1841

sur l'EXPROPRIATION pour cause d'UTILITÉ PUBLIQUE

(Modifiée par les lois des 21 avril 1914 et 6 novembre 1918)

TITRE PREMIER

Dispositions préliminaires.

ARTICLE PREMIER. — *(Loi du 6 novembre 1918)*. — L'expropriation pour cause d'utilité publique s'opère par autorité de justice.

Les tribunaux ne peuvent prononcer l'expropriation qu'autant que l'utilité publique a été constatée et déclarée dans les formes prescrites par la présente loi.

Ces formes consistent :

1° Dans la loi ou le décret qui autorise l'opération pour laquelle l'expropriation est requise;

2° Dans l'acte du préfet qui désigne les localités ou territoires sur lesquels l'opération doit avoir lieu, lorsque cette désignation ne résulte pas de la loi ou du décret;

3° Dans l'arrêté ultérieur par lequel le préfet détermine les propriétés particulières auxquelles l'expropriation est applicable.

Cette application ne peut être faite à aucune propriété particulière qu'après que les parties intéressées ont été mises en état d'y fournir leurs contredits, selon les règles exprimées au titre II.

ART. 2. — *(Loi du 6 novembre 1918)*. — L'utilité de l'expropriation peut être déclarée, non seulement pour les superficies comprises dans le périmètre des ouvrages publics projetés, mais encore pour toutes celles qui seront reconnues nécessaires pour assurer à ces ouvrages leur pleine valeur immédiate ou d'avenir.

Il en sera notamment ainsi, en matière de voirie urbaine, pour les superficies hors alignement, faisant obstacle à un lotissement rationnel ou non susceptibles de construction qui s'accordent avec le plan général des travaux.

Art. 2 *bis*. — *(Loi du 6 novembre 1918)*. — L'utilité de l'expropriation peut aussi être déclarée pour les immeubles qui, en raison de leur proximité d'un ouvrage public projeté, en doivent retirer une plus-value dépassant 15 0/0.

Art. 3 — *(Loi du 6 novembre 1918)*. — Tous grands travaux publics, routes nationales, canaux, chemins de fer, canalisation de rivière, bassins et docks, entrepris par l'État ou par compagnies particulières, avec ou sans péage, avec ou sans subsides du Trésor, avec ou sans aliénation du domaine public, ne peuvent être autorisés que par une loi.

L'exécution des canaux et chemins de fer d'embranchement de moins de vingt kilomètres de longueur, de lacunes ou rectification de routes nationales, des ponts et de tous ouvrages de moindre importance, peut être autorisée par décret en conseil d'État.

L'exécution des travaux départementaux et communaux peut être autorisée par décret simple.

Une enquête administrative précède toujours le décret ou la loi.

Art. 3 *bis*. — *(Loi du 6 novembre 1918)*. — Lorsque, par application des articles 2 et 2 *bis*, il y aura lieu d'étendre l'expropriation à des immeubles, sis hors du périmètre des ouvrages projetés, l'autorisation n'en pourra être donnée que par une loi ou un décret en conseil d'État.

Cet acte déterminera, en distinguant selon la cause d'extension, la zone dans laquelle celle-ci est consentie. Il fixera, en outre, le mode d'utilisation des parcelles non incorporées aux ouvrages publics et, éventuellement, les conditions auxquelles la revente de ces parcelles sera subordonnée.

Dans le cas de l'article 2 *bis*, une expertise sera jointe à l'enquête administrative, en vue de déterminer l'importance de la plus-value.

La forme de cette expertise sera déterminée par un réglement d'administration publique.

TITRE II

Des mesures d'administration relatives à l'expropriation.

Art. 4. — Les ingénieurs ou autres gens de l'art chargés de l'exécution des travaux lèvent, pour la partie qui s'étend sur chaque commune, le plan parcellaire des terrains ou des édifices dont la cession leur paraît nécessaire.

Art. 5. — Le plan desdites propriétés particulières, indicatif des noms de chaque propriétaire, tels qu'ils sont inscrits sur la matrice des rôles, reste déposé, pendant huit jours, à la mairie de la commune où les propriétés sont situées, afin que chacun puisse en prendre connaissance.

Art. 6. — *(Loi du 6 novembre 1918).* — Cet avertissement est publié a son de trompe ou de caisse dans la commune et affiché tant à la principale porte de la mairie qu'à un autre endroit apparent et très fréquenté du public qui sera désigné par arrêté municipal.

Art. 7. — Le maire certifie ces publications et affiches; il mentionne sur un procès-verbal qu'il ouvre à cet effet, et que les parties qui comparaissent sont requises de signer, les déclarations et réclamations qui lui ont été faites verbalement, et y annexe celles qui lui sont transmises par écrit.

Art. 8. — A l'expiration du délai de huitaine prescrit par l'article 5, une Commission se réunit au chef-lieu de la sous-préfecture.

Cette Commission, présidée par le sous-préfet de l'arrondissement, sera composée de quatre membres du Conseil général du département ou du Conseil de l'arrondissement désignés par le préfet, du maire de la commune où les propriétés sont situées, et de l'un des ingénieurs chargés de l'exécution des travaux.

La Commission ne peut délibérer valablement qu'autant que cinq de ses membres au moins sont présents.

Dans le cas où le nombre des membres présents serait de six, et où il y aurait partage d'opinions, la voix du président sera prépondérante.

Les propriétaires qu'il s'agit d'exproprier ne peuvent être appelés à faire partie de la Commission.

Art. 9. — La Commission reçoit, pendant huit jours, les observations des propriétaires.

Elle les appelle toutes les fois qu'elle le juge convenable. Elle donne son avis.

Ses opérations doivent être terminées dans le délai de dix jours, après quoi le procès-verbal est adressé immédiatement par le sous-préfet au préfet.

Dans le cas où lesdites opérations n'auraient pas été mises à fin dans le délai ci-dessus, le sous-préfet devra, dans les trois jours, transmettre au préfet son procès-verbal et les documents recueillis.

ART. 10. — Si la Commission propose quelque changement au tracé indiqué par les ingénieurs, le sous-préfet devra, dans la forme indiquée par l'article 6, en donner immédiatement avis aux propriétaires que ces changements pourraient intéresser. Pendant huitaine, à dater de cet avertissement, le procès-verbal et les pièces resteront déposés à la sous-préfecture : les parties intéressées pourront en prendre communication sans déplacement et sans frais, et fournir leurs observations écrites.

Dans les trois jours suivants, le sous-préfet transmettra toutes les pièces à la préfecture.

ART. 11. — Sur le vu du procès-verbal et des documents y annexés, le préfet détermine, par un arrêté motivé, les propriétés qui doivent être cédées, et indique l'époque à laquelle il sera nécessaire d'en prendre possession. Toutefois, dans le cas où il résulterait de l'avis de la Commission qu'il y aurait lieu de modifier le tracé des travaux ordonnés, le préfet surseoira jusqu'à ce qu'il ait été prononcé par l'administration supérieure.

L'administration supérieure pourra, suivant les circonstances, ou statuer définitivement, ou ordonner qu'il soit procédé de nouveau à tout ou partie des formalités prescrites par les articles précédents.

ART. 12. — Les dispositions des articles 8, 9 et 10 ne sont point applicables au cas où l'expropriation serait demandée par une commune, et dans un intérêt purement communal, non plus qu'aux travaux d'ouverture ou de redressement des chemins vicinaux.

Dans ce cas, le procès-verbal prescrit par l'article 7 est transmis, avec l'avis du Conseil municipal, par le maire au sous-préfet, qui l'adressera au préfet avec ses observations.

Le préfet, en Conseil de préfecture, sur le vu de ce procès-verbal, et sauf l'approbation de l'administration supérieure, prononcera comme il est dit en l'article précédent.

TITRE III

De l'expropriation et de ses suites, quant aux privilèges, hypothèques et autres droits réels.

ART. 13. — Si des biens de mineurs, d'interdits, d'absents ou autres incapables sont compris dans les plans déposés en vertu de l'article 5, ou dans les modifications admises par l'administration supérieure aux termes de l'article 11 de la présente loi, les tuteurs, ceux qui ont été envoyés en possession provisoire, et tous représentants des incapables, peuvent, après autorisation du tribunal donnée sur simple requête, en la Chambre du Conseil, le ministère public entendu, consentir amiablement à l'aliénation desdits biens.

Le tribunal ordonne les mesures de conservation ou de remploi qu'il juge nécessaires.

Ces dispositions sont applicables aux immeubles dotaux et aux majorats.

Les préfets pourront, dans le même cas, aliéner les biens des départements, s'ils y sont autorisés par délibération du Conseil général; les maires ou administrateurs pourront aliéner les biens des communes ou établissements publics, s'ils y sont autorisés par délibération du Conseil municipal ou du Conseil d'administration, approuvée par le préfet en Conseil de préfecture.

Le ministre des Finances peut consentir à l'aliénation des biens de l'État, ou de ceux qui font partie de la dotation de la Couronne, sur la proposition de l'Intendant de la liste civile (1).

A défaut de conventions amiables, soit avec les propriétaires des terrains ou bâtiments dont la cession est reconnue nécessaire, soit avec ceux qui les représentent, le préfet transmet au procureur du roi (de la république) dans le ressort duquel les biens sont situés, la loi ou l'ordonnance (le décret) qui autorise l'exécution des travaux, et l'arrêté mentionné en l'art. 11.

ART. 14. — *(Loi du 6 Novembre 1918).* — Dans les trois jours et sur la production des pièces constatant que les formalités prescrites par l'article premier du titre premier et par le titre II de la présente loi ont été remplies, le procureur de la République requiert, et le Tribunal prononce l'expropriation pour cause d'utilité publique des terrains ou bâtiments indiqués dans l'arrêté du préfet.

Toutefois, à l'égard des immeubles dont l'expropriation aura été autorisée en vertu de l'art. 2 *bis*, celle-ci ne sera prononcée que conditionnellement et pour le cas seulement où, à l'expiration du délai de huitaine fixé à l'article 39, l'option offerte n'aura pas été exercée en faveur de l'indemnité de plus-value.

Si, dans l'année de l'arrêté du préfet, l'administration n'a pas poursuivi l'expropriation, tout propriétaire, dont les terrains sont

(1) Les mots « ou de ceux qui font partie de la dotation de la Couronne, sur la proposition de l'Intendant de la liste civile » sont aujourd'hui sans objet.

compris audit arrêté, peut présenter requête au tribunal. Cette requête sera communiquée par le procureur de la République au préfet, qui devra, dans le plus bref délai, envoyer les pièces, et le tribunal statuera dans les trois jours.

Le même jugement commet un des membres du tribunal pour remplir les fonctions attribuées par le titre IV, chapitre 2, au magistrat directeur du jury chargé de fixer l'indemnité et désigne un autre membre pour le remplacer au besoin.

En cas d'absence ou d'empêchement de ces deux magistrats, il sera pourvu à leur remplacement par une ordonnance sur requête du président du tribunal civil.

Dans le cas où les propriétaires à exproprier consentiraient à la cession, mais où il n'y aurait point accord sur le prix, le tribunal donnera acte du consentement et désignera le magistrat directeur du jury sans qu'il soit besoin de rendre le jugement d'expropriation ni de s'assurer que les formalités prescrites par le titre II ont été remplies.

ART. 15. — *(Loi du 6 Novembre 1918)*. — Le jugement est publié et affiché, par extrait, dans la commune de la situation des biens, de la manière indiquée en l'art. 6. Il est, en outre, inséré dans l'un des journaux publiés dans l'arrondissement ou, s'il n'en existe aucun, dans l'un de ceux du département.

Cet extrait, contenant les noms des propriétaires, les motifs et le dispositif du jugement, leur est notifié au domicile qu'ils auront élu dans l'arrondissement de la situation des biens, par une déclaration faite à la mairie de la commune où les biens sont situés, et, dans le cas où cette élection de domicile n'aurait pas eu lieu, la notification de l'extrait sera faite en double copie au maire et au fermier, locataire, gardien ou régisseur de la propriété.

Une troisième copie est également envoyée, sous pli recommandé, à l'exproprié, si le domicile de ce dernier figure à la matrice cadastrale.

Toutes les autres notifications prescrites par la présente loi seront faites dans la forme ci-dessus indiquée.

ART. 16. — Le jugement sera, immédiatement après l'accomplissement des formalités prescrites par l'art. 15 de la présente loi, transcrit au bureau de la conservation des hypothèques de l'arrondissement, conformément à l'article 2181 du Code civil.

ART. 17. — Dans la quinzaine de la transcription, les privilèges et les hypothèques conventionnelles, judiciaires ou légales, seront inscrits.

A défaut d'inscription dans ce délai, l'immeuble exproprié sera affranchi de tous privilèges et hypothèques, de quelque nature qu'ils soient, sans préjudice des droits des femmes, mineurs et interdits, sur le montant de l'indemnité, tant qu'elle n'a pas été payée ou que l'ordre n'a pas été réglé définitivement entre les créanciers.

Les créanciers inscrits n'auront, dans aucun cas, la faculté de surenchérir, mais ils pourront exiger que l'indemnité soit fixée conformément au titre IV.

ART. 18. — Les actions en résolution, en revendication, et toutes autres actions réelles, ne pourront arrêter l'expropriation ni en empêcher l'effet. Le droit des réclamants sera transporté sur le prix, et l'immeuble en demeurera affranchi.

ART. 19. — Les règles posées dans le premier paragraphe de l'art. 15 et dans les art. 16, 17 et 18 sont applicables dans le cas de conventions amiables passées entre l'Administration et les propriétaires.

Cependant l'Administration peut, sauf les droits des tiers, et sans accomplir les formalités ci-dessus tracées, payer le prix des acquisitions dont la valeur ne s'élèverait pas au-dessus de cinq cents francs.

Le défaut d'accomplissement des formalités de la purge des hypothèques n'empêche pas l'expropriation d'avoir son cours; sauf, pour les parties intéressées, à faire valoir leurs droits ultérieurement dans les formes déterminées par le titre IV de la présente loi.

ART. 20. — Le jugement ne pourra être attaqué que par la voie du recours en cassation, et seulement pour incompétence, excès de pouvoir ou vices de forme du jugement.

Le pourvoi aura lieu, au plus tard, dans les trois jours, à dater de la notification du jugement, par déclaration au greffe du tribunal. Il sera notifié dans la huitaine, soit à la partie, au domicile indiqué par l'article 15, soit au préfet, soit au maire, suivant la nature des travaux; le tout à peine de déchéance.

Dans la quinzaine de la notification du pourvoi, les pièces seront adressées à la Chambre civile de la Cour de cassation, qui statuera dans le mois suivant.

L'arrêt, s'il est rendu par défaut, à l'expiration de ce délai, ne sera pas susceptible d'opposition.

TITRE IV

Du Règlement des Indemnités.

CHAPITRE PREMIER. - *Mesures préparatoires.*

Art. 21. — Dans la huitaine qui suit la notification prescrite par l'article 15, le propriétaire est tenu d'appeler et de faire connaître à l'Administration les fermiers, locataires, ceux qui ont des droits d'usufruit, d'habitation ou d'usage, tels qu'ils sont réglés par le Code civil et ceux qui peuvent réclamer des servitudes résultant des titres mêmes du propriétaire ou d'autres actes dans lesquels il serait intervenu ; sinon il restera seul chargé envers eux des indemnités que ces derniers pourront réclamer.

Les autres intéressés seront en demeure de faire valoir leurs droits par l'avertissement énoncé en l'article 6 et tenus de se faire connaître à l'Administration dans le même délai de huitaine ; à défaut de quoi ils seront déchus de tous droits à l'indemnité.

Art. 22. — Les dispositions de la présente loi relatives aux propriétaires et à leurs créanciers sont applicables à l'usufruitier et à ses créanciers.

Art. 23. — *(Loi du 6 novembre 1948).* — L'Administration notifie aux propriétaires et à tous autres intéressés qui auront été désignés ou qui seront intervenus dans le délai fixé à l'article 21 les sommes qu'elle offre pour indemnités d'éviction et éventuellement celles qu'elle demande à raison de l'indemnité due pour la plus-value dépassant 15 0/0.

Ces offres et demandes sont, en outre, affichées et publiées conformément à l'article 6 de la présente loi.

Art. 24. — Dans la quinzaine suivante, les propriétaires et autres intéressés sont tenus de déclarer leur acceptation, ou, s'ils n'acceptent pas les offres qui leur sont faites, d'indiquer le montant de leurs prétentions.

Art. 25. — Les femmes mariées sous le régime dotal, assistées de leurs maris, les tuteurs, ceux qui ont été envoyés en possession provisoire des biens d'un absent, et autres personnes qui représentent les incapables, peuvent valablement accepter les offres énoncées en l'article 23, s'ils y sont autorisés dans les formes prescrites par l'article 13.

Art. 26. — Le Ministre des Finances, les préfets, maires ou administrateurs, peuvent accepter les offres d'indemnité pour expropriation des biens appartenant à l'État, à la Couronne (1), aux départements, communes ou établissements publics, dans les formes et avec les autorisations prescrites par l'article 13.

Art. 27. — Le délai de quinzaine, fixé par l'article 24, sera d'un mois dans les cas prévus par les articles 25 et 26.

Art. 28. — Si les offres de l'Administration ne sont pas acceptées dans les délais prescrits par les articles 24 et 27, l'Administration citera devant le jury, qui sera convoqué à cet effet, les propriétaires et tous autres intéressés qui auront été désignés, ou qui seront intervenus, pour qu'il soit procédé au règlement des indemnités de la manière indiquée au chapitre suivant. La citation contiendra l'énonciation des offres qui auront été refusées.

CHAPITRE II. — *Du jury spécial chargé de regler les indemnités.*

Art. 29. — *(Loi du 6 novembre 1918).* — Chaque année, le Conseil général dresse, par arrondissement de sous-préfecture, une liste de personne choisies parmi les électeurs ayant leur domicile réel dans l'arrondissement et remplissant les conditions requises pour faire partie du jury criminel.

Le nombre des personnes inscrites sur ces listes est de :

75 pour les arrondissements de moins de 100.000 habitants ;

100 pour les arrondissements de plus de 100.000 et de moins de 300.000 habitants ;

200 pour les arrondissements de plus de 300.000 habitants ;

Et 600 pour le département de la Seine.

Les listes d'arrondissement ainsi dressées sont réunies par département en une liste unique, sur laquelle sont choisis les membres du jury spécial appelé, le cas échéant, à régler les indemnités dues par suite d'expropriation pour cause d'utilité publique.

La liste des jurés est valable pour une année à partir du 1er janvier qui suit la session dans laquelle elle a été dressée par le Conseil général.

(1) Les mots « à la Couronne » sont aujourd'hui à supprimer.

ART. 30. — *(Loi du 6 novembre 1918)*. — Toutes les fois qu'il y a lieu de recourir à un jury spécial, la première chambre du Tribunal civil du chef-lieu de département choisit, sur la liste dressée en vertu de l'article précédent, quatorze personnes qui formeront la liste de la session du jury spécial chargé de fixer définitivement le montant de chaque indemnité.

Pendant les vacances, ce choix est déféré à la Chambre du tribunal chargée du service des vacations. En cas d'abstention ou de récusation des membres du tribunal, le choix du jury est déféré à la cour d'appel.

Sauf pour le département de la Seine, la liste de session ne peut pas comporter plus de trois jurés de la liste de l'arrondissement où sont situés les immeubles expropriés.

Les noms des quatorze personnes choisies dans les conditions précitées sont inscrits par ordre alphabétique sur la liste de session.

Si l'administration expropriante le juge utile, elle peut répartir entre plusieurs jurys les affaires concernant les expropriations prononcées par le même jugement.

La liste des affaires à soumettre à chaque jury est annexée au jugement désignant ce jury.

Ne peuvent être choisis :

1° Les propriétaires, fermiers, locataires des terrains et bâtiments désignés en l'arrêté du préfet pris en vertu de l'article 11 et qui restent à acquérir ;

2° Les créanciers ayant inscription sur lesdits immeubles ;

3° Tous autres intéressés désignés ou intervenant en vertu des articles 21 et 22.

Sont dispensés, s'ils le requièrent, des fonctions de juré :

1° Les septuagénaires ;

2° Tous ceux qui, pendant l'année courante, ont fait partie d'un jury spécial d'expropriation.

ART. 31. — *(Loi du 6 novembre 1918)*. — La liste des quatorze jurés est transmise au préfet qui, après s'être concerté avec le magistrat directeur, convoque les jurés et les parties, en leur indiquant, au moins huit jours à l'avance, le lieu et le jour de la réunion. La notification aux parties leur fait connaître les noms des jurés.

ART. 32. — Tout juré qui, sans motifs légitimes, manque à l'une des séances ou refuse de prendre part à la délibération, encourt une amende de 100 francs au moins et de 300 francs au plus.

L'amende est prononcée par le magistrat directeur du jury.

Il statue en dernier ressort sur l'opposition qui serait formée par le juré condamné.

Il prononce également sur les causes d'empêchement que les jurés proposent, ainsi que sur les exclusions ou incompatibilités dont les causes ne seraient survenues ou n'auraient été connues que postérieurement à la désignation faite en vertu de l'article 30.

ART. 33. — *(Loi du 6 novembre 1918)*. — Dans le cas où, par suite des empêchements, des exclusions, des incompatibilités ou des dispenses prévues à l'article 30, le nombre des personnes appelées à composer le jury est inférieur à neuf, le magistrat directeur choisit, sur la liste départementale dressée en vertu de l'article 29, autant de personnes qu'il est nécessaire pour compléter le nombre de neuf, et les convoque d'urgence.

Sous les pénalités prévues à l'article précédent, il doit être déféré immédiatement à cette convocation.

Dans le choix à faire par le magistrat directeur, il est tenu compte des prescriptions du troisième paragraphe de l'article 30.

ART. 34. — *(Loi du 6 novembre 1918)*. — Au jour indiqué par la convocation prescrite par l'article 31, le magistrat directeur doit procéder à la constitution du jury et aux opérations de règlement des indemnités.

Il est assisté, auprès du jury, du greffier ou d'un commis-greffier qui appelle successivement les causes sur lesquelles le jury doit statuer et tient procès-verbal des opérations.

L'absence des parties n'emporte pas obligation de surseoir aux opérations du jury et au jugement. Défaut est donné contre tout intéressé régulièrement cité qui n'est pas présent ou valablement représenté, et il est ensuite statué comme s'il était présent.

Les propriétaires, fermiers, locataires ou autres ayants-droit doivent être présents ou représentés soit par un avocat inscrit à un barreau, soit par un avoué, soit par un tiers, porteur d'un mandat dûment en forme et enregistré, lequel sera annexé au procès-verbal des opérations du jury. Ce mandat ne bénéficie pas de l'exception prévue à l'article 58.

Est nulle et de nul effet toute convention entre les parties et leurs mandataires ayant pour objet de régler les honoraires dus à ces derniers, lorsqu'elle a pour base le partage, à un titre quelconque, de l'indemnité allouée par le jury.

Lors de l'appel des jurés, l'administration expropriante a le droit d'exercer une récusation péremptoire; la partie adverse a le même droit.

Dans le cas où plusieurs affaires figurent dans une même session, il n'est formé qu'un seul jury. Les parties expropriées s'entendent alors pour exercer la récusation à laquelle elles ont droit, sinon le sort désigne celle qui doit en user.

Si le droit de récusation n'est pas exercé ou s'il ne l'est que partiellement, le magistrat directeur du jury procède à la réduction des jurés au nombre de six, en retranchant les derniers noms inscrits sur la liste.

Sauf pour le département de la Seine, il ne peut pas y avoir dans le jury de jugement plus de deux jurés de l'arrondissement de la situation des immeubles expropriés.

ART. 35. — *(Loi du 6 novembre 1918).* — Le jury spécial n'est constitué que lorsque les six jurés sont présents.

Les jurés ne peuvent délibérer valablement qu'au nombre de quatre au moins, non compris le magistrat directeur, président.

ART. 36. — Lorsque le jury est constitué, chaque juré prête serment de remplir ses fonctions avec impartialité.

ART. 37. — Le magistrat directeur met sous les yeux du jury :

1º Le tableau des offres et demandes notifiées en exécution des articles 23 et 24;

2º Les plans parcellaires et les titres ou autres documents produits par les parties à l'appui de leurs offres et demandes.

Les parties ou leurs fondés de pouvoir peuvent présenter sommairement leurs observations.

Le jury pourra entendre toutes les personnes qu'il croira pouvoir l'éclairer.

Il pourra également se transporter sur les lieux, ou déléguer à cet effet un ou plusieurs de ses membres.

La discussion est publique; elle peut être continuée à une autre séance.

ART. 38. — *(Loi du 21 avril 1914).* — La clôture de l'instruction est prononcée par le magistrat directeur du jury.

Les jurés se retirent immédiatement dans leur chambre pour délibérer, sans désemparer, *sous la présidence du magistrat directeur.*

La décision du jury fixe le montant de l'indemnité; elle est prise à la majorité des voix.

En cas de partage, la voix du *magistrat directeur* président du jury est prépondérante.

Art. 39. — *(Loi du 6 novembre 1918)*. — Le jury prononce des indemnités distinctes en faveur des parties qui les réclament à des titres différents, comme propriétaires, fermiers, locataires, usagers et autres intéressés dont il est parlé à l'article 21.

A l'égard des immeubles dont l'expropriation a été poursuivie pour cause de plus-value, le jury prononce successivement sur l'indemnité due pour la plus-value dépassant 15 °/₀ et sur l'indemnité éventuelle d'expropriation. L'option entre ces deux indemnités appartiendra à l'Administration expropriante, si le montant de l'indemnité de plus-value fixé par le jury est inférieur ou égal à celui de la demande notifiée. En cas contraire, l'option appartiendra à l'autre partie. Cette option devra être exercée dans le délai de huit jours francs à dater de la décision du jury, faute de quoi l'indemnité de plus-value sera présumée avoir été préférée.

Dans le cas d'usufruit, une seule indemnité est fixée par le jury, eu égard à la valeur totale de l'immeuble ; le nu-propriétaire et l'usufruitier exercent leurs droits sur le montant de l'indemnité, au lieu de les exercer sur la chose.

L'usufruitier sera tenu de donner caution ; les père et mère ayant l'usufruit légal en seront seuls dispensés.

Lorsqu'il y a litige sur le fond du droit ou sur la qualité des réclamants, et toutes les fois qu'il s'élève des difficultés étrangères à la fixation du montant de l'indemnité, le jury règle l'indemnité indépendamment de ces litiges et difficultés, sur lesquels les parties sont renvoyées à se pourvoir devant qui de droit.

L'indemnité allouée par le jury ne peut, en aucun cas, être inférieure aux offres de l'administration, ni supérieure soit à la demande de la partie intéressée, soit à la demande notifiée pour plus-value.

Art. 40. — *(Loi du 6 novembre 1918)*. — Si l'indemnité réglée par le jury ne dépasse pas l'offre de l'administration, les parties qui l'auront refusée seront condamnées aux dépens.

Si l'indemnité est égale à la demande des parties, l'administration est condamnée aux dépens.

Si l'indemnité est à la fois supérieure à l'offre de l'administration et inférieure à la demande des parties, les dépens sont compensés, de manière à être supportés par les parties et l'administration dans la proportion de leur offre ou de leur demande avant la décision du jury.

Lorsque l'expropriation a été poursuivie à raison de plus-value, la condamnation aux dépens est prononcée d'après les mêmes règles, en tenant compte cette fois de la demande d'indemnité de plus-value notifiée par l'administration et de l'offre des parties.

Tout indemnitaire qui ne se trouve pas dans le cas des articles 25 et 26 est condamné aux dépens, quelle que soit l'estimation ultérieure du jury, s'il a omis de se conformer aux dispositions de l'article 24.

En aucun cas, la part des dépens mis à la charge de l'exproprié ne peut excéder le montant de l'indemnité allouée à ce dernier; le surplus reste à la charge de l'administration expropriante.

Art. 41. — *(Loi du 6 novembre 1918).* — La décision du jury, signée des membres qui y ont concouru, est lue par le magistrat directeur, qui la déclare exécutoire, statue sur les dépens et, sous réserve de ce qui est dit à l'article 14, paragraphes 2 et 3, envoie l'administration en possession de la propriété, à la charge par elle de se conformer aux dispositions des art. 53, 54 et suivants.

Tout juré qui, sans motif légitime, refuse de signer une délibération à laquelle il a concouru, est condamné à l'amende prévue à l'article 32.

Est valable et régulière toute décision signée par le magistrat directeur et par quatre jurés au moins.

Le magistrat directeur taxe tous les frais et dépens qui doivent être payés par l'administration et par les expropriés dans les conditions stipulées à l'article 40.

La taxe ne doit pas comprendre les frais d'actes ou autres nécessités par l'offre faite en exécution de l'article 23, ni ceux qui auront été faits antérieurement à cette offre; ces frais demeurent, dans tous les cas, à la charge de l'administration.

Les jurés reçoivent, s'ils le requièrent, une indemnité de déplacement kilométrique et une indemnité de séjour dont le montant sera fixé par un règlement d'administration publique. Ces indemnités sont taxées par le magistrat directeur et acquittées comme frais urgents.

Art. 42. — *(Loi du 21 avril 1914.)* — La décision du jury et l'ordonnance du magistrat directeur ne peuvent être attaquées que par la voie du recours en cassation, et seulement pour violation du premier paragraphe de l'article 30, de l'article 31, des deuxième et quatrième paragraphes de l'article 34 et des articles 35, 36, 37, 38, 39, 40 et *du deuxième paragraphe de l'article 48.*

Le délai sera de quinze jours pour ce recours, qui sera d'ailleurs formé, notifié et jugé comme il est dit en l'article 20; il courra à partir du jour de la décision.

ART. 43. — *(Loi du 6 novembre 1918.)* — Lorsqu'une décision aura été cassée, l'affaire sera renvoyée devant un nouveau jury, choisi dans le même département.

Néanmoins, la Cour de cassation pourra, suivant les circonstances, renvoyer l'appréciation de l'indemnité à un jury choisi dans un département voisin.

Il sera procédé à cet effet conformément à l'article 30.

ART. 44. — Le jury ne connaît que des affaires dont il a été saisi au moment de sa convocation, et statue successivement et sans interruption sur chacune de ces affaires. Il ne peut se séparer qu'après avoir réglé toutes les indemnités dont la fixation lui a été ainsi déférée.

ART. 45. — *(Loi du 6 novembre 1918.)* — Les opérations commencées par un jury et qui ne sont pas encore terminées au 31 décembre de l'année courante, seront continuées jusqu'à conclusion définitive par le même jury.

ART. 46. — Après la clôture des opérations du jury, les minutes de ses décisions et les autres pièces qui se rattachent aux dites opérations sont déposées au greffe du tribunal civil de l'arrondissement.

ART. 47. — Les noms des jurés qui auront fait le service d'une session ne pourront être portés sur le tableau dressé par le Conseil général pour l'année suivante.

CHAPITRE III

Des règles à suivre pour la fixation des indemnités.

ART. 48. — *(Loi du 6 novembre 1918.)* — Le jury est juge de la sincérité des titres et de l'effet des actes qui seraient de nature à modifier l'évaluation de l'indemnité.

Toute pièce produite par une partie devant le jury peut, sur la réquisition de l'autre partie ou d'office par le magistrat directeur du jury, être retenue, pour être ensuite, après avoir été visée *ne variatur*, annexée au procès-verbal des opérations du jury.

Si la pièce est supposée frauduleuse ou mensongère, elle est saisie par le magistrat directeur et transmise au Procureur de la République à toutes fins utiles.

L'indemnité d'expropriation ne doit comprendre que le dommage actuel et certain causé par le fait même de l'éviction ; elle ne peut s'étendre au préjudice incertain et éventuel qui ne ne serait pas la conséquence directe de l'expropriation. Si, au cours des débats, il est donné acte à l'expropriant d'une demande qu'il considère comme visant un préjudice de cette nature, le jury doit statuer sur cette demande par une disposition distincte.

ART. 49. — Dans le cas où l'administration contesterait au détenteur exproprié le droit à une indemnité, le jury, sans s'arrêter à la contestation, dont il renvoie le jugement devant qui de droit, fixe l'indemnité comme si elle était due, et le magistrat directeur du jury en ordonne la consignation, pour ladite indemnité restée déposée jusqu'à ce que les parties se soient entendues ou que le litige soit vidé.

ART. 50. — Les bâtiments dont il est nécessaire d'acquérir une portion pour cause d'utilité publique seront achetés en entier, si les propriétaires le requièrent par une déclaration formelle adressée au magistrat directeur du jury, dans les délais énoncés aux articles 24 et 27.

Il en sera de même de toute parcelle de terrain qui, par suite du morcellement, se trouvera réduite au quart de la contenance totale, si toutefois le propriétaire ne possède aucun terrain immédiatement contigu, et si la parcelle ainsi réduite est inférieure à dix ares.

ART. 51. — Si l'exécution des travaux doit procurer une augmentation de valeur immédiate et spéciale au restant de la propriété, cette augmentation sera prise en considération dans l'évaluation du montant de l'indemnité.

ART. 52. — Les constructions, plantations et améliorations ne donneront lieu à aucune indemnité, lorsque, à raison de l'époque où elles auront été faites ou de toutes autres circonstances dont l'appréciation lui est abandonnée, le jury acquiert la conviction qu'elles ont été faites dans la vue d'obtenir une indemnité plus élevée.

TITRE V

Du paiement des indemnités.

ART. 53. — *(Loi du 6 novembre 1948).* — Les indemnités réglées par le jury seront, préalablement à la prise de possession, acquittées entre les mains des ayants droit.

S'ils se refusent à les recevoir, la prise de possession aura lieu après offres réelles et consignation.

S'il s'agit de travaux exécutés par l'Etat ou des départements, les offres réelles pourront s'effectuer au moyen d'un mandat égal au montant de l'indemité réglée par le jury, déduction faite de la part des frais et dépens mis à la charge des expropriés, conformément à l'article 40. Ce mandat, délivré par l'ordonnateur compétent, visé par le payeur, sera payable sur la caisse publique qui s'y trouvera désignée.

Si les ayants droit refusent de recevoir le mandat, la prise de possession aura lieu après consignation en espèces.

Les dispositions insérées au paragraphe 2 de l'article 19 sont applicables au paiement des indemnités fixées par le jury, dont le montant ne s'élèverait pas au-dessus de 500 francs.

L'exproprié, désigné dans la décision du jury comme propriétaire et non inscrit à la matrice des rôles de la commune, est tenu, pour obtenir le paiement de l'indemnité fixée à son profit, de justifier de ses titres de propriété.

Tout fermier, locataire, usager ou autres ayants droit déclarés à l'administration expropriante, ou intervenant dans les conditions stipulées à l'article 21, sont également tenus, pour obtenir le paiement de l'indemnité qui aura été fixée à leur profit, de justifier de leurs droits à cette indemnité.

Les sommes allouées à titre d'indemités, pour lesquelles il ne serait pas produit de justifications suffisantes, seront versées par l'administration expropriante à la Caisse des dépôts et consignations et y resteront déposées comme il est dit à l'article 49.

ART. 54. — Il ne sera pas fait d'offres réelles toutes les fois qu'il existera des inscriptions sur l'immeuble exproprié ou d'autres obstacles au versement des deniers entre les mains des ayants droit; dans ce cas, il suffira que les sommes dues par l'Administration soient consignées, pour être ultérieurement distribuées ou remises, selon les règles du droit commun.

ART. 55. — Si, dans les six mois du jugement d'expropriation, l'Administration ne poursuit pas la fixation de l'indemnité, les parties pourront exiger qu'il soit procédé à ladite fixation.

Quand l'indemnité aura été réglée, si elle n'est ni acquittée ni consignée dans les six mois de la décision du jury, les intérêts courront de plein droit à l'expiration de ce délai.

TITRE VI

Dispositions diverses.

ART. 56. — Les contrats de vente, quittances et autres actes relatifs à l'acquisition des terrains peuvent être passés dans la forme des actes administratifs ; la minute sera déposée au secrétariat de la préfecture ; expédition en sera transmise à l'Administration des domaines.

ART. 57. — Les significations et notifications mentionnées en la présente loi sont faites à la diligence du préfet du département de la situation des biens.

Elles peuvent être faites tant par huissier que par tout agent de l'Administration dont les procès-verbaux font foi en justice.

ART. 58. — Les plans, procès-verbaux, certificats, significations, jugements, contrats, quittances et autres actes faits en vertu de la présente loi seront visés pour timbre et enregistrés gratis, lorsqu'il y aura lieu à la formalité de l'enregistrement.

Il ne sera perçu aucuns droits pour la transcription des actes au bureau des hypothèques.

Les droits perçus sur les acquisitions amiables faites antérieurement aux arrêtés du préfet seront restitués, lorsque, dans le délai de deux ans, à partir de la perception, il sera justifié que les immeubles acquis sont compris dans ces arrêtés. La restitution des droits ne pourra s'appliquer qu'à la portion des immeubles qui aura été reconnue nécessaire à l'exécution des travaux.

ART. 59. — Lorsqu'un propriétaire aura accepté les offres de l'administration, le montant de l'indemnité devra, s'il l'exige et s'il n'y a pas eu contestation de la part des tiers dans les délais prescrits par les articles 24 et 27, être versé à la Caisse des dépôts et consignations, pour être remis ou distribué à qui de droit, selon les règles du droit commun.

ART. 60. — *(Loi du 6 novembre 1918).* — Si les terrains acquis pour des travaux d'utilité publique ne reçoivent pas cette destination ou si les immeubles acquis en vertu des articles 2 et 2 *bis* ne sont pas utilisés conformément à la loi ou au décret déclaratifs d'utilité publique, les anciens propriétaires ou leurs ayants droit peuvent en demander la remise.

Le prix des terrains rétrocédés est fixé à l'amiable et, s'il n'y a pas d'accord, par le jury, dans les formes ci-dessus prescrites.

La fixation par le jury ne peut, en aucun cas, excéder la somme moyennant laquelle les terrains ont été acquis.

Art. 61.— Un avis, publié de la manière indiquée en l'article 6, fait connaître les terrains que l'Administration est dans le cas de revendre. Dans les trois mois de cette publication, les anciens propriétaires qui veulent réacquérir la propriété desdits terrains sont tenus de le déclarer ; et, dans le mois de la fixation du prix, soit amiable, soit judiciaire, ils doivent passer le contrat de rachat et payer le prix ; le tout à peine de déchéance du privilège que leur accorde l'article précédent.

Art. 62. — Les dispositions des articles 60 et 61 ne sont pas applicables aux terrains qui auront été acquis sur la réquisition du propriétaire, en vertu de l'article 50, et qui resteraient disponibles après l'exécution des travaux.

Art. 63. — Les concessionnaires des travaux publics exerceront tous les droits conférés à l'Administration, et seront soumis à toutes les obligations qui lui sont imposées par la présente loi.

Art. 64. — *(Loi du 6 novembre 1918).* — Les contributions des immeubles ou parties d'immeubles qu'un propriétaire aura cédés ou dont il aura été exproprié pour cause d'utilité publique, resteront à la charge de ce propriétaire jusqu'au 1er janvier qui suivra la date de l'acte de cession ou celle du jugement prononçant l'expropriation.

TITRE VII

Dispositions exceptionnelles.

CHAPITRE PREMIER

Art. 65. — Lorsqu'il y aura urgence de prendre possession des terrains non bâtis qui seront soumis à l'expropriation, l'urgence sera spécialement déclarée par une ordonnance royale (un décret).

Art. 66. — En ce cas, après le jugement d'expropriation, l'ordonnance (le décret) qui déclare l'urgence et le jugement seront notifiés, conformément à l'article 15, aux propriétaires et aux détenteurs, avec assignation devant le tribunal civil. L'assignation sera donnée à trois jours au moins; elle énoncera la somme offerte par l'Administration.

ART. 67. — Au jour fixé, le propriétaire et les détenteurs seront tenus de déclarer la somme dont ils demandent la consignation avant l'envoi en possession.

Faute par eux de comparaître, il sera procédé en leur absence.

ART. 68. — Le tribunal fixe le montant de la somme à consigner.

Le tribunal peut se transporter sur les lieux ou commettre un juge pour visiter les terrains, recueillir tous les renseignements propres à en déterminer la valeur, et en dresser, s'il y a lieu, un procès-verbal descriptif. Cette opération devra être terminée dans les cinq jours, à dater du jugement qui l'aura ordonnée.

Dans les trois jours de la remise de ce procès-verbal au greffe, le tribunal déterminera la somme à consigner.

ART. 69. — (Loi du 6 novembre 1918). — La consignation doit comprendre, outre le principal, la somme nécessaire pour assurer, pendant deux ans, le paiement des intérêts au taux légal.

ART. 70. — Sur le vu du procès-verbal de consignation, et sur une nouvelle assignation à deux jours de délai au moins, le Président ordonne la prise de possession.

ART. 71. — Le jugement du tribunal et l'ordonnance du Président sont exécutoires sur minute et ne peuvent être attaqués par opposition ni par appel.

ART. 72. — Le Président taxera les dépens, qui seront supportés par l'Administration.

ART. 73. — Après la prise de possession, il sera, à la poursuite de la partie la plus diligente, procédé à la fixation définitive de l'indemnité, en exécution du titre IV de la présente loi.

ART. 74. — Si cette fixation est supérieure à la somme qui a été déterminée par le tribunal, le supplément doit être consigné dans la quinzaine de la notification de la décision du jury, et, à défaut, le propriétaire peut s'opposer à la continuation des travaux.

CHAPITRE II

Art. 75. — Les formalités prescrites par les titres I et II de la présente loi ne sont pas applicables ni aux travaux militaires, ni aux travaux de la marine royale (nationale).

Pour ces travaux une ordonnance royale (un décret) détermine les terrains qui sont soumis à l'expropriation.

Art. 76. — L'expropriation ou l'occupation temporaire, en cas d'urgence, des propriétés privées qui seront jugées nécessaires pour des travaux de fortification, continueront d'avoir lieu conformément aux dispositions prescrites par la loi du 30 mars 1831.

Toutefois, lorsque les propriétaires ou autres intéressés n'auront pas accepté les offres de l'Administration, le règlement définitif des indemnités aura lieu conformément aux dispositions du titre IV ci-dessus.

Seront également applicables aux expropriations poursuivies en vertu de la loi du 30 mars 1831, les articles 16, 17, 18, 19 et 20, ainsi que le titre VI de la présente loi.

TITRE VIII

Dispositions finales.

Art. 77. — Les lois des 8 mars 1810 et 7 juillet 1833 sont abrogées.

DÉCRET-LOI DU 26 MARS 1852

relatif aux RUES de PARIS

modifié par l'article 118 de la loi de finances
du 13 juillet 1911 et par la loi du 10 avril 1912.

———————

Au nom du peuple français,

Louis NAPOLÉON, président de la République française,

Sur le rapport du Ministre de l'Intérieur, de l'Agriculture et du Commerce ;

DÉCRÈTE :

ARTICLE PREMIER. — Les rues de Paris continueront d'être soumises au régime de la grande voierie.

ART. 2 *(Loi du 10 avril 1912)*. — Dans tout projet d'expropriation pour l'élargissement, le redressement ou la formation des rues de Paris, l'Administration aura la faculté de comprendre la totalité des immeubles atteints, lorsqu'elle jugera que les parties restantes ne sont pas d'une étendue ou d'une forme qui permette d'y élever des constructions salubres, **ni des constructions en rapport avec l'importance ou l'esthétique de la voie.**

Si elle est demandée par l'une des parties, l'expropriation sera de droit pour toute parcelle restante ne dépassant pas 150 mètres carrés, ou encore pour l'intégralité de tout immeuble atteint lorsque des constructions à démolir en tout ou en partie pour l'exécution du projet déclaré d'utilité publique occuperont plus de moitié de sa superficie totale.

L'Administration pourra pareillement comprendre dans l'expropriation des immeubles en dehors des alignements, lorsque leur acquisition sera nécessaire pour la suppression d'anciennes voies jugées inutiles. **Il en sera de même à l'égard de toute parcelle restante lorsque le propriétaire y aura consenti.**

Les parcelles de terrains acquises en dehors des alignements et non susceptibles de recevoir des constructions salubres ou **esthétiques** seront réunies aux propriétés contiguës, soit à l'amiable, soit par l'expropriation de ces propriétés conformément à l'article 53 de la loi du 16 septembre 1807.

La fixation du prix de ces terrains sera faite suivant les mêmes formes et devant la même juridiction que celle des expropriations ordinaires.

L'article 58 de la loi du 3 mai 1841 est applicable à tous les actes et contrats relatifs aux terrains acquis pour la voie publique par simple mesure de voirie.

ART. 3. — A l'avenir l'étude de tout plan d'alignement de rue devra nécessairement comprendre le nivellement; celui-ci sera soumis à toutes les formalités qui régissent l'alignement.

Tout constructeur de maison, avant de se mettre à l'œuvre, devra demander l'alignement et le nivellement de la voie publique au-devant de son terrain et s'y conformer.

ART. 4. — Il devra pareillement adresser à l'Administration un plan et des coupes cotées des constructions qu'il projette, et se soumettre aux prescriptions qui lui seront faites dans l'intérêt de la sûreté publique et de la salubrité *(complété par l'art. 118 de la loi de finances du 13 juillet 1911)* : « ainsi que de la conservation des perspectives monumentales et des sites, sauf recours au Conseil d'État par la voie contentieuse ».

Vingt jours après le dépôt de ces plans et coupes au secrétariat de la Préfecture de la Seine, le constructeur pourra commencer les travaux d'après son plan, s'il ne lui a été notifié aucune injonction.

Une coupe géologique des fouilles pour fondations de bâtiments sera dressée par tout architecte-constructeur, et remise à la Préfecture de la Seine.

ART. 5. — Les façades des maisons seront constamment tenues en bon état de propreté. Elles seront grattées, repeintes ou badigeonnées au moins une fois tous les dix ans, sur l'injonction qui sera faite aux propriétaires par l'autorité municipale. Les contrevenants seront passibles d'une amende qui ne pourra excéder cent francs.

ART. 6. — Toute construction nouvelle dans une rue pourvue d'égout devra être disposé de manière à y conduire les eaux pluviales et ménagères.

La même disposition sera prise pour toute maison ancienne en cas de grosses réparations et en tout cas avant dix ans.

ART. 7. — Il sera statué par un décret ultérieur rendu dans la forme des règlements d'administration publique, en ce qui concerne la hauteur des maisons, les combles et les lucarnes.

ART. 8. — Les propriétaires riverains des voies publiques empierrées supporteront les frais de premier établissement des travaux, d'après les règles qui existent à l'égard des propriétaires riverains des rues pavées.

ART. 9. — Les dispositions du présent décret pourront être appliquées à toutes les villes qui en feront la demande par décrets spéciaux rendus dans la forme des règlements d'administration publique.

ART. 10 — Le Ministre de l'Intérieur, de l'Agriculture et du Commerce est chargé de l'exécution du présent décret, qui sera inséré au *Bulletin des Lois.*

Fait au Palais des Tuileries, le 26 mars 1852.

Signé : L. NAPOLÉON.

LOI DU 17 JUIN 1915

sur l'expropriation pour cause d'insalubrité

Le Sénat et la Chambre des Députés ont adopté,

Le Président de la République promulgue la loi dont la teneur suit :

ARTICLE PREMIER. — L'article 18 de la loi du 15 février 1902 relative à la santé publique, est remplacé par les dispositions suivantes :

« ART. 18. — Les communes peuvent, en vue de l'assainissement, requérir l'expropriation des groupes d'immeubles ou quartiers reconnus insalubres.

» L'insalubrité est dénoncée par délibération du Conseil Municipal, appuyée d'un avant-projet sommaire des travaux d'assainissement, avec plan parcellaire des terrains à exproprier et indication des noms des propriétaires tels qu'ils figurent à la matrice des rôles.

» Après avis de la Commission sanitaire, du Conseil départemental d'hygiène et du Comité de patronage des habitations à bon marché, le Préfet, s'il prend en considération la délibération du Conseil, prescrit, dans les formes indiquées aux articles 1 à 4 de l'ordonnance du 23 août 1835, une enquête portant à la fois sur l'utilité des travaux et sur les parcelles sujettes, en totalité ou en partie, à expropriation.

» Sur l'invitation du Préfet, le Président du Tribunal convoque par simple lettre, à huit jours francs au moins et quinze jours au plus le propriétaire de ces parcelles et le Maire, à l'effet de lui désigner chacun un expert, auxquels le Président en adjoindra un troisième de son choix. Faute de cette désignation, le Président nomme d'office les trois experts.

» Ceux-ci, dispensés du serment, procèdent en présence des parties, où elles sont dûment appelées, à l'estimation :

» 1° De la valeur vénale de chaque immeuble à acquérir, abstraction faite de ses conditions d'insalubrité ;

» 2º De la dépense qu'exigeraient les travaux à faire à l'immeuble et jugés nécessaires par la Commission sanitaire pour le rendre salubre;

» 3º Dans le cas où l'immeuble devrait être frappé d'interdiction totale, de la valeur actuelle des terrains supposés nus et de celle des matériaux à provenir des démolitions.

» Les frais de cette expertise sont à la charge de la commune et sont liquidés comme en matière d'instance, devant le Conseil de préfecture. »

« ART. 18 bis. — Au vu de ces enquête et expertise, le Préfet prend, s'il y a lieu, un arrêté par lequel, en même temps qu'il déclare l'utilité publique, il détermine les propriétés particulières auxquelles l'expropriation sera applicable. Il y règle de même le mode d'utilisation des parcelles non incorporées aux ouvrages publics ou les conditions auxquelles la revente de ces parcelles sera subordonnée.

» Cet arrêté peut, dans les dix jours de sa publication et sans préjudice du recours pour excès de pouvoir, selon le droit commun, être, de la part de tout intéressé, l'objet d'un recours au Ministre de l'Intérieur qui statue, après avis du Conseil supérieur d'hygiène. »

« ART. 18 ter. — La procédure d'expropriation est alors suivie conformément aux titres 3 à 6 de la loi du 3 mai 1841, sauf les dérogations ci-après :

» 1º Pour déterminer l'indemnité à allouer au propriéiaire d'un immeuble, le jury fixe d'abord, par délibération spéciale, la valeur vénale de cet immeuble, abstraction faite de ses conditions d'insalubrité. Il en défalque ensuite obligatoirement, le montant des travaux qui seraient nécessaires pour le rendre salubre. L'indemnité due est égale à la différence de ces deux éléments, sans pouvoir être inférieure à la valeur du terrain rendu nu, et sans qu'il puisse non plus en être alloué aucune autre, notamment à raison du fait de dépossession;

» 2º A l'égard des locataires qui exploitent dans les locaux expropriés un commerce ou une industrie donnant lieu à patente, l'indemnité d'éviction à allouer suivant la loi du 3 mai 1841 est soumise à réduction si le commerce ou l'industrie ont comporté, du fait de l'exploitant, une cause spéciale d'insalubrité. Le taux de cette réduction égale celui des bénéfices d'exploitation obtenus au détriment de la santé publique. Le jury prononce, par délibérations distinctes, sur l'existence du commerce ou de l'industrie;

le chiffre de l'indemnité qui serait normalement due, l'éventualité
d'une réduction et le taux de celle-ci, puis enfin sur le chiffre de
l'indemnité à allouer définitivement.

» A l'égard des autres locataires, l'indemnité est fixée forfaitai-
rement à un trimestre de loyer, sans toutefois que la somme à
allouer puisse être inférieure à trente francs (30 francs) ou supérieure à trois cents francs (300 francs) et sans qu'il soit admis
aucune opposition sur cette somme pour paiement de loyers
arriérés ;

» 3° La décision du jury et l'ordonnance du magistrat-directeur
peuvent être attaquées par voie de recours en cassation, en cas de
violation des règles posées aux §§ 1 et 2 qui précèdent ;

» 4° Les portions de propriétés qui, après assainissement opéré,
resteraient en dehors des alignements arrêtés pour les nouvelles
constructions, pourront être revendues aux enchères publiques
sans que les anciens propriétaires ou leurs ayants droit
puissent réclamer l'application des articles 60 et 61 de la loi du
3 mai 1841. »

« ART. 18 quater. — Lorsqu'un immeuble ayant fait, conformément aux articles 12 et suivants, l'objet d'un arrêté prescrivant
soit des travaux, soit l'interdiction d'habitation, se trouve compris
dans une expropriation pour cause d'utilité publique et que les
délais impartis au propriétaire sont expirés au moment où inter-
vient le jugement d'expropriation, l'indemnité est déterminée
suivant les règles de l'article précédent.

» Inversement, lorsque, dans un groupe d'immeubles ou un
quartier exproprié pour cause d'insalubrité, se trouve un immeuble
sur la valeur vénale duquel, d'après la déclaration du jury, il n'y
a pas de déduction à opérer pour cause d'assainissement, l'indemnité est fixée à l'égard de tous les locataires, conformément à la
loi du 3 mai 1841. »

ART. 2. — L'article 14, § 1 de la même loi du 15 février 1902
est complété comme suit :

« A l'expiration du même délai, si elle le juge préférable, la
commune pourra réclamer l'expropriation de l'immeuble dans les
conditions fixées à l'article 18 ci-après et, dans ce cas, la prise en
considération de sa demande sera de droit. »

ART. 3. — L'article 17 de la même loi est modifié comme suit :

« Lorsque, par suite de l'application des articles 11 à 16 inclus
de la présente loi, il y aura lieu à résiliation des baux, cette

résiliation n'emportera en faveur des locataires, aucuns dommages-intérêts. »

Art. 4. — Un règlement d'administration publique déterminera les conditions d'application de la présente loi à l'Algérie, ainsi qu'aux colonies de la Martinique, de la Guadeloupe et de la Réunion.

La présente loi, délibérée et adoptée par le Sénat et par la Chambre des Députés, sera exécutée comme loi de l'État.

Fait à Paris, le 17 juin 1915.

R. POINCARÉ.

Par le Président de la République,

Le Ministre de l'Intérieur,

Signé : L. MALVY.

IMPRIMERIE CHAIX, RUE BERGÈRE, 20, PARIS. — 13609-6-19. — (Encre Lorilleux).